AF246215

LE
VOYAGEUR NATURALISTE,

DISCOURS EN VERS,

ADRESSÉ

POUR LE CONCOURS DE POÉSIE DE 1807,

A la Classe de la Langue et de la Littérature françaises de l'Institut de France.

PAR L. P. DEBRUN,

Ancien Officier au régiment de Royal-Roussillon cavalerie, ex-Professeur d'Histoire Naturelle à l'École Centrale de l'Oise, et Membre de plusieurs Sociétés savantes.

La terre est son jardin, le globe est son domaine. v. 162.

A PARIS,

A l'Imprimerie de l'Institution des Sourds-Muets, sous la Direction d'Ange CLO, rue du faubourg Saint-Jacques, n°. 256.

1807.

AVANT-PROPOS.

Lorsque la Classe de la Langue et de la Littérature françaises de l'Institut de France proposa le *Voyageur* pour sujet du Concours de Poésie de 1806 (1), il me parut alors que le sujet à traiter étoit bien strictement déterminé : il falloit parler en vers d'un voyageur quelconque et dans un sens absolu ; il ne s'agissoit donc que d'un individu , fictif ou réel , à faire voyager ou voyageant , n'importe. On pouvoit prendre , d'après le texte même du Programme , ou le Poète voyageur , ou le Pélerin , ou le Naturaliste voyageur , l'Amour voyageur , ou le célèbre voyageur *Humboldt* , ou enfin tout autre person-

---

(1) Ce sujet avoit déjà été proposé avec d'autres en l'an 12 (1804) pour le Concours de l'an 13 (1805). Mais alors ce fut l'ouvrage ayant pour titre, l'*Indépendance de l'Homme de lettres*, qui fut couronné, et la Classe remit le 2 janvier 1806, le *Voyageur*, pour le Concours de 1806 : ce fut l'étonnement d'un retard aussi long qui me fit une sorte de peine pour les Muses françaises, et qui me mit, pour ainsi dire involontairement, la plume à la main.

A ij

nage (1), pour le sujet de la pièce de vers, pourvu
qu'il n'y fût présenté, ou mis en action, qu'un seul
voyageur : du moins, c'est là ce que j'ai eu la mal-
adresse de comprendre, et je ne pensois point qu'il
y fût question des Voyages en général, ou des Voyageurs ; car il me sembloit que s'il eût été véritablement dans l'intention de la Classe que le sujet eût
été envisagé sous ce dernier point de vue, elle auroit
alors, dans son Programme, établi spécialement
pour sujet, les *Voyageurs* ou les *Voyages*. Cependant une pièce de vers sur les Voyageurs, quelle
immense carrière à parcourir ! De l'autre côté, les
Voyages pouvoient et devoient être aussi le sujet
d'un long et excellent poëme ; mais comment pou-

(1) La latitude que présente réellement le Programme
donnoit la plus grande facilité pour faire un choix parmi
un grand nombre de sujets : outre ceux dont je viens de
parler, on pouvoit choisir, ou le Voyageur aérien, ou
plutôt encore le Voyageur Missionnaire. Ce dernier sujet
avoit l'avantage de se prêter beaucoup à la vérité, aux
beautés de la morale, et aux émotions du genre senti-
mental. Ces utiles et laborieux Apôtres s'expatriant, ré-
pandant par toute la terre les lumières de l'Evangile,
s'exposant à toutes sortes de dangers, et partout, humains,
désintéressés, courageux et bienfaiteurs, devenoient cer-
tainement un riche sujet pour une plume éloquente.

voir se renfermer rigoureusement dans un cadre de cent à deux cents vers au plus (1)?

D'après ces premières réflexions, je pensois que l'on ne pouvoit véritablement mettre en scène qu'un seul individu, et que je devois en agir ainsi pour suivre aussi l'esprit même du Programme; en conséquence, je fis choix du Voyageur Naturaliste; je choisis par préférence un Français, d'un état modeste, et simple particulier. Je n'aurois pas cru qu'il m'eût été permis de prendre pour mon sujet une de ces expéditions commandées et exécutées par la puissance des grandes nations maritimes, ou de faire voyager tout-à-la-fois et les Voyageurs de la plus haute antiquité et les plus célèbres Navigateurs des temps modernes, pour coudre à la suite les uns des autres leurs différens voyages, parce qu'alors il me semble bien certain que mon Discours n'auroit pu avoir exactement pour titre que les *Voyageurs* ou les *Voyages*, et que par ce seul fait il ne pouvoit nullement correspondre au titre spécifié à l'a-

---

(1) Le texte du Programme du 2 janvier 1806 porte littéralement : — Prix de poésie. — Le sujet sera le *Voyageur.* — Tout ouvrage destiné au Concours, doit être composé de cent vers au moins, et de deux cents vers au plus.

vance, ni répondre véritablement à la demande du Programme ; que d'ailleurs cela eût établi un vague, une confusion assez singulière dans la marche du Discours , puisqu'on auroit pu me demander avec vérité , où en étoit le commencement , le milieu et la fin (1).

S'il eût été question de traiter du mérite des voyages , de leur utilité ou de leur intérêt , et de l'intrépidité des Navigateurs, alors il étoit bien sensible qu'il falloit ne considérer uniquement que les généralités , ne parler que d'elles seules , et pour lors il auroit fallu donner un autre titre , ou demander positivement un ouvrage sur le mérite des voyages : aussi , dès ce moment il n'auroit plus été question du *Voyageur*, mais de nous entretenir des voyages ou des voyageurs dans le sens le plus général ; ce qui pour la plupart des Auteurs ne devoit leur présenter que des fleurs abondantes à cueillir.

Telle est l'erreur dans laquelle j'ai été entraîné ; erreur grave , qui sans doute m'a été plus ou moins funeste , puisqu'elle m'a fait suivre littéralement le

---

(1) Le législateur du Parnasse français n'a-t-il pas recommandé avec sa précision ordinaire.

Que le début, la fin répondent au milieu. (Art poét.)

sujet proposé , et m'a fortement retenu dans ce cadre étroit. Cette erreur me paroît maintenant d'autant plus sensible , que la Classe a couronné deux ouvrages qui , à proprement parler , ne peuvent guère s'intituler *le Voyageur* , mais , *Discours en vers sur les Voyages* ; titre très-convenable , seul admissible , qui a été donné avec beaucoup de discernement par son auteur (M. Fabre) , à l'ouvrage qui a remporté le second prix.

En me restreignant au voyage d'un seul individu, d'un Savant , d'un Naturaliste par exemple, on sent très-facilement combien j'ai dû me trouver gêné , et quelles sont les différentes difficultés que j'ai eues à vaincre dans la position difficile où je me croyois placé par le Programme ; je n'avois plus pour ainsi dire à traverser qu'un vaste champ couvert d'épines. Ce Discours étant composé pour être soumis au jugement d'hommes très-éclairés sur la littérature, mais pas autant dans les Sciences physiques, pouvant d'ailleurs être lu , il falloit éviter soigneusement de fatiguer l'attention ; il falloit sacrifier les détails , écarter les digressions plus ou moins intéressantes , craindre même de s'appesantir en quelque sorte sur le sujet en question , soit comme Voya-

geur , soit comme Naturaliste ; enfin s'abstenir , autant que possible , de parler des Sciences qui naturellement semblent trop réfléchies et froides pour
la versification , et qui d'ailleurs n'étant que du domaine de fort peu de personnes , paroissent assez
généralement très-ennuyeuses à toutes celles qui n'y
sont pas initiées.

Ensuite il me parut qu'un pareil sujet n'avoit rien
d'extraordinaire , demandoit au contraire à être
traité sagement et sans aucune ambition ; qu'il falloit parler un langage commun , et non emboucher
la trompette héroïque ; de plus , que cette pièce
devoit être écrite avec toute la simplicité analogue
à celle du titre qu'elle devoit porter , et qui étoit
déjà si ponctuellement déterminé.

D'après ce que je viens de dire , qu'on se garde bien
de croire que j'ose ici blâmer et la manière dont la
Classe a établi si clairement son Programme , et la
solemnité extraordinaire (1) avec laquelle elle a cou-

____

(1) Bien des personnes ont cru remarquer comme une
chose nouvelle, et absolument contraire à l'usage toujours
suivi jusqu'alors, que les deux Auteurs couronnés aient
été autorisés à lire leurs ouvrages : j'avoue que suivant
mon opinion, ce qui me paroît extraordinaire, c'est que
ce fût réellement une nouveauté.

ronné ces deux jeunes favoris des Muses. Personne ne rend plus de justice que moi à leurs rares talens, mais j'ai cru devoir faire ici un aveu généreux des erreurs capitales et préjudiciables dans lesquelles je suis tombé, erreurs dont heureusement le préjudice n'est que pour moi seul, et voici donc quel est l'objet de cet Avant-propos. Peut-être ce motif ainsi énoncé pourra paroître suffisant à des personnes impartiales, pour solliciter leur indulgence, et désarmer en grande partie la justice sévère des critiques les plus inexorables.

Je sais bien qu'il y a quelques individus qui paroissent soupçonner la Classe d'avoir mis un peu de partialité dans son jugement ; mais on sait bien que, dans aucun temps, on n'a point vu la cabale ni l'intrigue approcher de l'Institut ; ce n'est jamais que le seul mérite qui y donne les Places, ainsi que des droits à son estime et aux Prix qu'il décerne.

Parce que le Prix de Poésie de 1806 a été remporté par M. Millevoye, parce que celui de 1807 lui a été également décerné, parce que, s'il entre encore dans la lice, celui de 1809 lui sera vraisemblablement décerné, parce qu'il est porté par plusieurs membres illustres de la Classe, cela fait jaser ;

mais cela ne prouve rien , sinon le talent extraordinaire de ce Poète distingué , qu'on dit d'ailleurs
très - recommandable par des qualités précieuses.

Quoique ce Concours ait eu quelque chose de très-
remarquable par le nombre (1) des pièces adressées
à l'Académie, par le partage singulier des opinions ,
par le vif intérêt que le Public semble y avoir pris, et
encore pour d'autres raisons , cependant j'avoue que
j'ai mis fort peu d'importance à cette petite baga-
telle littéraire , composée dans un court moment de
délassement , que je livre de même à l'impression
sans aucune prétention , et , de plus , malgré toutes
ses imperfections originelles (2).

C'est au Public éclairé , qui juge froidement,
sans prévention et avec calme , à prononcer son jugement équitable. Comme moi , mon pauvre Voyageur n'intrigue point et est presque inconnu ; comme
moi il n'est ni prôné, ni recommandé, ni couronné,

---

(1) Le nombre de pièces de vers envoyées pour ce grand
Concours étoit de cinquante - cinq.

(2) Il est bon de remarquer qu'en faisant imprimer cette
pièce , je ne me suis pas permis d'augmenter ou de dimi-
nuer d'un seul le nombre des vers que renfermoit l'original
adressé à la Classe.

et par cela seul , dira-t-on , ne mérite pas grande attention ; je ne doute pas qu'on en pense ainsi, c'est ordinairement l'usage. Mais avouez à votre tour , n'avez-vous réellement rien lu de plus mauvais , même parmi des ouvrages un peu trop vantés?

J'ai adressé tout simplement ce Discours au Secrétariat de l'Institut , gardant le plus profond incognito et sans aucune recommandation quelconque. Il lui fut remis le 6 octobre ; étant vers cette époque à la campagne , j'en étois jusqu'à ignorer que la durée du Concours (qui devoit se terminer au 15 octobre 1806) fut prolongée jusqu'au 1er janvier 1807. Peut-être observera-t-on que , pour moi , il y avoit beaucoup d'imprudence à entrer en lice. En vérité, de bonne-foi , je ne le crois pas ; la bonne volonté est toujours honorable , et même lorsqu'on ne réussit pas , il y a toujours quelque mérite à montrer au moins du zèle. Sans doute des occupations sérieuses, mes devoirs, les vicissitudes de nos diverses révolutions, ne m'ont point laissé beaucoup de temps pour cultiver les lettres, j'en conviens ; mais elles ne m'ont point assez éloigné de la littérature pour en avoir perdu le goût.

Si plusieurs personnes sévères peuvent trouver quelques morceaux passables , cela seul suffit à mon ambition ; car je crois même pouvoir deviner à peu près tout ce que la critique pourra dire contre ce mince opuscule , sans pouvoir prévoir si l'on dira quelque chose en sa faveur. Au reste , s'il ne peut obtenir l'approbation des personnes trop difficiles , d'autres plus indulgentes me pardonneront peut-être cette sorte de témérité , en considérant que je ne me rappelle point d'avoir fait imprimer encore aucune pièce de vers (1) ; qu'après avoir suspendu mes armes dans le temple de Minerve ; qu'ayant toujours mené une vie active, ne voulant point continuer mon existence dans une honteuse oisiveté , je me suis livré avec ardeur à de nouvelles occupations, laborieuses , vraiment sérieuses , et assez considérables pour me prendre beaucoup de temps.

Enfin , après tout , si de ceci je pouvois éprouver la moindre peine , ne trouverois-je pas encore bien des motifs de consolation ; et après tant d'hommes célèbres de tous les genres, ne me reste-t-il pas pour me consoler , et Pline , et Linnée , et cet immortel Buffon que j'ai été assez heureux pour connoître dans ma jeunesse , et même pour en recevoir quelques-uns de ces témoignages bien flatteurs d'amitié ; ou plutôt de bonté.

---

(1) A moins que ce ne soit dans l'ancien Mercure de France, mais toujours sous le voile de l'anonyme.

LE
VOYAGEUR NATURALISTE.

PARTONS, partons, répète au loin sur le rivage,
Le voyageur qu'enflamme un trop bouillant courage :
Voyant avec regret le temps si fugitif,
Consumé par les soins d'un long préparatif,
5 Dans les nobles transports de son impatience
Vers un autre univers sa grande ame s'élance :
Le temps trop calme et bas, les flots sans mouvement,
Aspect qui vient encor l'affliger doublement,....
Enfin la mer se ride et se rend navigable ;
10 D'un vent doux et léger l'haleine favorable
Soulève, enfle la voile, entraîne à l'Océan
Le vaisseau qui déjà voit fuir le continen.

Il navigue en ces lieux où le Basque intrépide
Rendit par ses combats le Cachalot timide,
15 Le força de trouver, sous les glaces du Nord,
L'asile qui restoit pour éviter la mort.

Plus loin s'anéantit cette flotte invincible
Que la mer indignée, en sa fureur terrible,

Se pressa d'engloutir pour punir tant d'orgueil,
20 Et plonger l'Espagnol dans un lugubre deuil.

    Son navire, en doublant sa marche si rapide,
L'a promptement porté sous la zône torride,
De combats éternels entre les feux et l'eau
Théâtre étincelant. Redoutable fléau,
25 Un volcan enflammé travaille sous les ondes,
Creuse, augmente ou détruit ces grottes si profondes;
Repoussant, repoussé, malgré sa profondeur,
Il fait monter les eaux en énorme vapeur;
Ses flammes dans le ciel paroissent suspendues,
30 Et semblent soulever la surface des nues :
Etabli sur des monts de basalte entassé,
Il cherche à surmonter l'Océan courroucé,
Qu'il évite, poursuit, dans l'accès de sa rage
Fait reculer par fois jusqu'au lointain rivage,
35 Qu'il brave, encore menace, et croit avoir vaincu,
Quoique par lui sans cesse il soit toujours battu.

    Quelle foule d'objets de ses regards est digne,
Et peuple les pays situés sous la ligne !
Des nombreux végétaux quelle fécondité !
40 Dans le règne animal quelle diversité !
Non, ce n'est point pour vous, Diamans de Golgonde,
Qu'il affronte la mort sur la terre et sur l'onde;

Du savoir le désir seul embrase son cœur,
Et lui fait éprouver un plaisir enchanteur
45 Au milieu des dangers des zônes les plus tristes:
Instruit par les leçons de nos Naturalistes,
Il connoît et climats, plantes et minéraux,
Ces Ordres si divers classant tant d'animaux;
Et depuis son enfance exerçant sa mémoire,
50 Etudia les arts, les hommes et l'histoire,
Sait scruter la nature et décomposer l'air,
Fait reculer la Mort, ou dirige l'éclair;
Et dans l'étude enfin s'avançant d'un pas ferme,
Peut mesurer les Cieux, ou la *Monade terme.*

55 Ce n'est qu'au Voyageur sagement éclairé,
Dont l'esprit studieux ne peut être égaré,
Que, près de l'Equateur, la féconde Nature
Etale avec éclat la plus riche parure:
Il peut l'interroger sur le sommet des monts,
60 Ou dans la longue nuit des abîmes profonds:
Là, premier des humains ose par sa présence
Troubler de ces beaux lieux le sublime silence:
Pour mieux lui dérober ses plus obscurs secrets,
S'enfonce plein d'ardeur dans ces sombres forêts,
65 Dont les arbres offrant une ligue offensive
Ne connurent jamais la hache destructive:
Des obstacles sans nombre, irrité quelquefois,

Du Maître de la Terre on entendit la voix.....

     Le Sauvage à ses yeux attaque la Baleine,
70 Dans ce duel nouveau, corps à corps et sans peine
Combat, ôte la vie à ce géant des mers,
Dont la prompte défaite étonne l'univers.

     Sa course le conduit dans cette heureuse terre
Où Francklin par un fil enchaîna le tonnerre ;
75 Où Washington vainqueur, bien plus grand que les rois,
Plus grand que la fortune, obéissant aux lois,
Prisant la vertu seule, et non le diadême,
Parvint à s'élever au-dessus de lui-même ;
Mais se croyant payé par l'honneur de servir,
80 Ne voulut pas régner, moins encor s'asservir :
Comme sa gloire est pure! oh! comme on la contemple!
Ah! pour tant de mortels le trop pénible exemple!

     Bientôt à Panama, quel spectacle enchanteur
Captive et ravit l'œil de notre observateur!
85 Il peut d'un même point voir les deux Amériques,
La vaste mer du Sud, et les bords Atlantiques.
Des Andes dont les monts se perdent dans les cieux,
Il gravit les sommets noirs, chauves et neigeux.

     Il vogue sur ces mers, où Cook, Bougainville
                90 Virent

90 Virent tous ces humains de la même famille;
Et marchant avec gloire à l'immortalité,
Sortirent triomphans de leur témérité :
A ces milliers d'écueils, ces perfides rivages,
Toujours si dangereux, si féconds en naufrages,
95 Après avoir suivi d'innombrables canaux,
Et fait de toutes parts d'inutiles signaux,
Il redemande en vain la Peyrouse et son monde,
Sa voix et les échos meurent au bruit de l'onde......

Dès qu'il a visité tout l'immense Océan,
100 La Chine et Sumatra, la Perse et l'Indostan,
Son vaisseau dirigé sur ces mers orageuses
Le conduit où Gama suit des routes douteuses;
Où Camoëns en butte à des vents déchaînés,
Nageant sous tous les flots à sa perte acharnés,
105 Par un bien rare effort, par un bonheur extrême,
Leur arrache à la fois sa vie et son poëme.....

Il traverse l'Afrique où deux cents nations
Présentent à l'esprit mille observations :
Carthage que ruina le Romain sanguinaire,
110 Des peuples destructeurs, vrai bourreau de la terre,
De carnage et de sang toujours trop altéré,
Contre les nations sept cents ans conjuré.
L'Egypte s'offre à lui, ce berceau des sciences,

Où l'homme puise encor d'antiques connoissansce:
115 Egypte, sur ton sol que de beaux monumens
    Ont bravé jusqu'ici les outrages du temps!
    Dans Thèbes, Dendera, que de magnificence!
    Du pouvoir de tes arts, quel effort de puissance!
    Pyramides qu'on voit depuis quatre mille ans
120 Lutter avec orgueil contre les élémens;
    Debout malgré le poids des siècles qui vous pressent,
    Les Princes à vos pieds, les Peuples disparoissent....

    Transporté par son zèle au milieu des déserts,
    Mer de sable effrayante, en proie aux chocs des airs,
125 Dont l'Homme vainement tenteroit la conquête;
    Le calme du néant succède à la tempête:
    Ici le sol voyage au gré des Aquilons,
    Et coulant sous ses pas s'élève en tourbillons.
    Un Soleil dévorant y brûle la Nature,
130 Jamais ne lui permet de montrer la verdure:
    Courageux sans témoin et cerné par la Mort,
    Des soldats de Cambyse aura-t-il donc le sort?
    Que voit son œil mourant? le vague de l'espace,
    D'un immense pays la mobile surface,
135 Un horizon sans borne, un ciel toujours en feu,
    Aucun être vivant n'existant dans ce lieu:
    La faim, le désespoir, la soif, la lassitude,
    D'un trépas dans l'oubli lui font l'inquiétude;

Mais prêt à succomber, des maux sentant l'excès,
140 Peut-il craindre la mort lorsqu'il est né Français?...

Ayant vu tous les lieux de l'Arabie heureuse,
Où par les cruautés d'une secte fougueuse,
D'un empire étendu trop heureux fondateur,
Mahomet, conquérant, triomphe en imposteur;
145 D'un regard curieux il recherche la place
Où Babylone fut....... il n'en est point de trace;
Babylone n'est plus que dans le souvenir,
Son ombre a disparu pour le temps à venir:
De l'excès des grandeurs image passagère,
150 Cette immense cité fut reduite en poussière:
Sans doute, ivre de sang, l'assassin de Clitus
Y mourut jeune encor: telle que de Cyrus,
Triste jouet des vents son orgueilleuse cendre
A des honneurs divins ne sauroit plus prétendre;
155 Et le sort traite ainsi pour leur confusion,
Et celles de Brutus, d'Auguste et de Néron.
Balbeck, Persépolis, vous fameuse Palmyre,
Restes infortunés d'un glorieux empire,
Vos ruines du moins prouvent votre grandeur,
160 Et quelle fut jadis votre antique splendeur!.....
Par cette activité qui sans cesse l'entraîne,
La terre est son jardin, le globe est son domaine
Qu'il visite en tout sens: à l'aspect du trépas,

Même aux confins de l'Ourse, il ne s'arrête pas ;
165 Parcourt ces régions qu'un froid cruel désole,
S'approche tour à tour de l'un et l'autre pôle ;
Voit la Mort dominer sous d'éternels hivers ,
Les continens grandir par les glaces des mers ,
Et franchit des glaçons les montagnes flottantes
170 Qu'un soleil presqu'éteint rend si fort éclatantes.

Après tant de périls, tant de difficultés,
Il espère enrichir la Reine des cités,
Soit par des objets d'arts, ses œuvres curieuses,
Et ses collections extrêmement nombreuses :
175 Vers ce pays aimé des grâces et des ris
Il dirige sa route, il arrive à Paris :
Capitale du goût, des arts et des sciences,
Paris sait accorder de dignes récompenses :
Etre utile et s'instruire est son unique but ;
180 Trop heureux, si pour lui le savant INSTITUT
Peut, une fois au moins dans son séjour de gloire
Faire inscrire son nom au temple de mémoire.

NOTES.

Au moment où l'on a imprimé ce petit ouvrage, je me
suis déterminé à placer à sa suite différentes notes qui pour-
ront paroître intéressantes à quelques personnes, quoique
plusieurs semblent au premier coup-d'œil avoir un peu
d'étendue; mais peut-être aussi pourra-t-on dire de la plupart d'entr'elles:

Indocti discant et ament meminisse periti.

(Note 1.)

v. 13. — *Il navigue en ces lieux, où le Basque intrépide.*

C'est dans le golfe de Gascogne, et les mers environ-
nantes, que les Basques, naturellement si braves, com-
mencèrent les premiers, il y a plusieurs siècles, avec beaucoup de succès la pêche de la Baleine, et la poursuivirent
successivement jusque-dans le Nord, ainsi que les Cachalots
et autres grands cétacées.

(Note 2.)

v. 14. — *Rendit par ses combats le Cachalot timide.*

Le Cachalot macrocéphale dont il est ici question, est
un énorme cétacé, d'une grandeur vraiment prodigieuse;
hardi, très-vorace, il domine en cruel tyran sur les mers;
sa tête, qui a souvent vingt à trente pieds de longueur,
présente une bouche dont la mâchoire inférieure est garnie
d'un grand nombre de grosses dents très-fortes, dont il

fait un usage terrible : on retire de cet animal une bien grande quantité d'huile, d'adipocire (ou blanc-de-baleine), de l'ambre, et autres objets d'utilité : on en voit encore quelquefois, mais bien rarement, sur nos côtes, ainsi que des Baleines.

(N O T E 3.)

v. 17. — *Plus loin s'anéantit cette flotte invincible.*

C'est dans ces mers que cette superbe flotte surnommée l'*Invincible*, équipée par ordre de Philippe II, fut totalement détruite, en 1588, par une tempête des plus furieuses : elle étoit composée de cent cinquante gros vaisseaux, sur lesquels on comptoit deux mille six cents cinquante canons, huit mille matelots, vingt mille soldats, et toute la fleur de la noblesse Espagnole : quelques-uns de ces vaisseaux qui ne furent point engloutis dans la haute mer, périrent sur les côtes de France, d'Angleterre, d'Irlande, d'Écosse, de Hollande et du Danemarck, où ils furent entraînés et jetés avec une violence extrême.

(N O T E 4.)

v. 48. — *Ces Ordres si divers classant tant d'animaux.*

Les Ordres dans la zoologie seulement, fort différens les uns des autres, sont extrêmement nombreux ; ils contiennent presque tous une très-grande quantité de genres, qui renferment le plus souvent une longue suite d'espèces : qu'on juge d'après cela, en totalité, de la multitude des espèces d'animaux qui habitent les différentes parties sèches ou humides de la surface du globe : elles ne sont point encore toutes connues, et leur nombre va peut-être à près de cent mille, ou même au delà.

(Note 5.)

v. 54. — *Peut mesurer les Cieux ou la* Monade terme.

La *Monade terme* est le plus petit des animaux infusoirs que l'on connoisse, et qu'on ne peut apercevoir que par le moyen des plus forts microscopes : il nous paroît être le dernier terme en *minimum* de l'animalité, et voilà d'où lui vient son nom spécifique.

(Note 6.)

v. 69. — *Le Sauvage à ses yeux attaque la Baleine.*

La manière dont le Sauvage de la Floride attaque seul la Baleine et en triomphe, est aussi simple que prompte et curieuse : nageant sur la surface des eaux, il s'élance adroitement sur la large tête de ce colosse des mers, qui quelquefois a cent vingt pieds de longueur, et bouche à l'instant même un de ses deux évents avec un gros cône de bois, qu'il enfonce le plus qu'il lui est possible, à coups de massue : presque collé sur elle, au moyen de deux crochets qu'il a promptement fait entrer dans sa peau, il demeure ainsi sur la Baleine pendant qu'elle descend au fond de la mer avec d'autant plus de rapidité qu'elle se sent blessée : aussitôt qu'elle revient sur l'eau pour respirer, il lui bouche pareillement le second évent : alors la Baleine est forcée de périr, et expire au milieu des plus affreuses convulsions.

(Note 7.)

v. 74. — *Où Francklin par un fil enchaîna le tonnerre.*

Le docteur *Francklin*, des Etats-Unis d'Amérique, me paroît être le premier qui ait eu l'idée de soutirer la ma-

tière de la foudre, et d'en paralyser ainsi les effets extrêmement terribles et aussi rapides qu'incalculables. En conséquence ce fut dans l'année 1752 qu'il envoya vers les
nuages orageux un Cerf-volant, dont la tête étoit armée
d'une mince et longue barre de fer pointue qui communi-
quoit à sa corde, laquelle étoit entremêlée avec un fil de
métal. La même expérience répétée en France, le 14 mai
1753, par M. *de Romas*, on vit sortir par l'extrémité de
l'appareil des jets spontanés de feu ou de flammes de dix
pieds de l ongueur, avec une détonnation semblable à celle
d'un coup de pistolet.

(N o t e 8.)

v. 83. — *Bientôt à Panama quel spectacle enchanteur.*

C'est dans l'isthme de Panama que l'on peut jouir du
spectacle imposant et merveilleux de la plus belle vue que
l'Univers puisse offrir aux regards de l'homme avide d'en
saisir les beautés, et de porter au loin sur les terres et les
mers un œil exercé dans l'étude des arts et de la nature :
quelle sensation pour un homme ! pour un être si foible en
apparence ; quelle sensation, dis-je, il éprouve, lorsque
sous le plus beau ciel, et avec le sens le plus délicat et du
plus petit volume, il embrasse et saisit tout à la fois une
si vaste étendue de terrain ! qu'il voit les Andes orgueil-
leuses élever leurs neiges éternelles bien au-dessus des
nuages, les riches contrées qu'habitoient autrefois les pai-
sibles et nombreux enfans du Soleil (1), ainsi que celles
où se trouvoit la puissante nation des Mexicains ; contrées
où jadis fleurissoient les vastes et fortunés empires des Incas
et de Montézuma, lesquels croulèrent avec tant de rapi-

____

(1) Les Péruviens,

dité sous les coups sanglans d'une poignée de cupides et audacieux Européens, qui y égorgèrent si promptement quinze millions d'hommes. Quelle est sa surprise lorsqu'en même temps l'immense Océan pacifique, roulant des flots irrités, et blanchis dans leur longue route par la rage des vents, vient mugir presqu'au-dessous de ses pieds avec une fureur menaçante, élève à une hauteur prodigieuse ses vagues bruyantes toutes couvertes d'une épaisse écume (1), et battant continuellement depuis tant de siècles cette côte rocailleuse, il semble à ses yeux même vouloir encore s'ouvrir brusquement un passage au travers de l'Amérique pour rejoindre cette grande mer Atlantique, dont la vaste étendue lui présente en différens points et jusqu'aux bords de l'horizon, des vaisseaux majestueux portant les foudres de la guerre, et des navires moins élevés chargés des plus riches trésors des deux mondes, mais sillonnant l'onde amère avec plus de lenteur; tandis que dans d'autres en-droits il aperçoit des troupeaux de monstrueuses Baleines, se jouant et bondissant dans le lointain sur la surface écla-tante de ses eaux calmes et limpides! quelle émotion! quelle sensation, dirai-je encore, lorsqu'en quittant ces lieux, et se tournant du côté de l'Aurore, il porte son dernier regard vers les rivages de l'Europe, vers sa glo-rieuse patrie, vers cette France qu'il vit jadis si fortunée et depuis en proie à tous les genres de malheurs (2), vers cette France où il a laissé les plus chers objets de ses af-

---

(1) L'Auteur a vu sur le grand Océan après de violentes tempêtes, le long des rochers plus ou moins élevés et parmi différens ressifs des bancs d'écume d'un blanc sale ou jaunâtre d'une assez grande longueur, de l'épaisseur de deux pieds, subsistant plus de 8 à 10 jours, et même quelquefois bien davantage.

(2) Sous le régime sanglant du terrorisme.

fections ; un père qui accablé sous le poids toujours crois-
sant des années, ne semble plus désirer le plaisir de le
revoir que pour mourir entre ses bras ; une mère, une
épouse, et des enfans chéris qui tous attendent son retour
avec tant d'inquiétude et une si vive impatience.

(NOTE 9.)

v. 88. — *Il gravit les sommets noirs, chauves et neigeux.*

Le second hémistice de ce vers ne renferme point de
contradictions, et peint au contraire la nature très-fidèle-
ment : ceux qui ont parcouru les hautes chaînes des montagnes alpines, les plus élevées des deux mondes, savent
bien qu'on y rencontre dans quelques endroits vers leurs
sommets, et au milieu des neiges, des rochers, ou *pics*,
noirs, souvent d'un gris noirâtre, absolument nus, sans
neiges, ni terres ; ainsi que des *aiguilles*, autres rochers
perpendiculaires fort élancés, aussi sans neige et de la forme
de hauts clochers très-pointus qui s'élèvent à perte de vue
dans les airs.

(NOTE 10.)

v. 89. — *Il vogue sur ces mers où Coock, Bougainville.*

Le plus grand nombre prononce *Couck*, d'autres disent
Co-ock ; il me semble que cette dernière prononciation,
qui est française, bien plus conforme à la manière dont on
l'écrit, a d'ailleurs le mérite d'être sonore, tandis que la
première est étrangère, dure, absolument gutturale ; et
voilà ce qui a déterminé à ne point employer ce mot
comme monosyllabe : cependant si l'on vouloit absolument ne le faire que d'une seule syllabe, il seroit alors
bien facile de dire : *où Coock et Bougainville.*

(N o t e 11.)

v. 92. — *Sortirent triomphans de leur témérité.*

A l'égard de *Coock*, il n'est ici question que de ses deux premiers voyages : tout le monde connoît la fin tragique de cet illustre Navigateur, laquelle termina son troisième voyage, et arriva dans l'île d'O-Wyhée, le 20 février 1780, où il fut massacré par les habitans, à l'âge de cinquante-cinq ans.

(N o t e 12.)

v. 102. — *Le conduit où Gama suit des routes douteuses.*

Vasco de Gama, célèbre Portugais, est le premier Amiral européen qui ait tenté, découvert et exécuté le passage aux Indes Orientales par le Cap de Bonne-Espérance.

(N o t e 13.)

v. 103. — *Où Camoëns en butte à des vents déchaînés.*

Camoëns, Portugais, intrépide militaire, célèbre et malheureux poète, fit naufrage dans les mers du Tropique, mais il se sauva à la nage, tenant son poëme de la *Lusiade* de la main droite, et nageant de la gauche.

(N o t e 14.)

v. 109. — *Carthage que ruina le Romain sanguinaire.*

L'Auteur a cru pouvoir faire ici le mot *ruina* de deux syllabes seulement ; licence qui n'est point nouvelle, mais rare à la vérité, et qu'il a pu se permettre d'après l'exemple de plusieurs poètes célèbres.

L'opulente *Carthage* offroit un grand commerce, et une population de sept cent mille habitans : personne ne peut ignorer avec quel acharnement la république Romaine la détruisit de fond en comble.

La manière dont il peint les Romains ne peut que paroître franche et vraie aux personnes qui réfléchissent et qui ont bien étudié l'histoire de ce peuple, non pas par les panégyriques qui en ont été fait, et d'après ses propres historiens, dont la plupart l'ont flatté, mais d'après les faits, et qui savent par conséquent que les Romains ne durent leur suprême degré de puissance qu'à sept à huit cents ans de guerres continues, injustes et atroces; qu'à la ténacité de leur caractère, qui naturellement audacieux, dur et sanguinaire, se sentoit toujours de leur origine, et leur donnoit un génie non moins exterminateur que spoliateur des nations; et enfin qu'à cette sombre, ambitieuse, agissante et mystérieuse politique, qui pour réussir savoit employer tous les moyens les plus odieux, et qui fut d'autant plus perfide qu'elle se voiloit très-adroitement sous l'apparence de la bonne foi, de la justice, du zèle pour des alliés et des vertus les plus héroïques; ce qui à la vérité en imposoit merveilleusement au crédule vulgaire, qu'il est toujours si facile de tromper.

(NOTE 15.)

v. 117. — *Dans Thèbes, Dendera, que de magnificence!*

Par ses ruines gigantesques et d'une beauté incomparable, Thèbes seule semble ne pouvoir être ensevelie dans l'obscurité des temps de la plus profonde antiquité, et aujourd'hui paroît encore à nos yeux avec tout l'éclat de sa magnificence que tant de milliers d'années n'ayant pu détruire, n'ont même fait qu'illustrer. Quelle perspective en effet plus merveilleuse, plus majestueuse et accompagnée de ces grands souvenirs qu'une si longue suite de siècles n'a pu et ne sauroit nullement affoiblir! Où vit-on nulle part tant d'obélisques, de statues colossales parmi lesquelles il s'en trouve qui, bien plus que colossales, sont d'une proportion excessive ? Où vit-on, en aucun temps et en aucun endroit du monde, ces très-longues avenues de Sphinx de granit et d'une taille très-considérable, qui conduisent à de si vastes portiques, dont la prodigieuse grandeur frappe d'étonnement les yeux les plus accoutumés à observer les monumens les plus renommés ? Parmi ces portiques il en existe un qui a cent soixante-dix pieds de hauteur sur deux cents pieds de largeur. Les augustes débris de cette fameuse et si grande ville présentent des colonnades immenses, dont les colonnes ont plus de vingt pieds, et quelques-unes jusqu'à trente-un pieds de circonférence : on y remarque que le granit et le marbre y sont prodigués dans les constructions : on y voit des couleurs encore bien étonnantes par leur éclat, des pierres vraiment prodigieuses par leurs dimensions, et qui sont soutenues par des chapiteaux très-élevés (1). Enfin, l'emplacement immense qu'occupoit cette ville égyptienne est couvert de milliers de colonnes renversées, qui gissent çà et là, pour attester à la curiosité de tous les temps, que là existóit la magnifique Thèbes, et pour en convaincre tous ceux qui dans le premier saisissement de leur admiration, s'écrient avec transport : comment des hommes ont-ils pu construire tous ces monumens aussi gigantesques, à moins qu'ils ne fussent véritablement des géans ?

Dendera, autrefois *Tentyris*, moins loin que Thèbes, et à son septentrion, offre au milieu de ses ruines et de ses

---

(1) Il est essentiel de remarquer que la hauteur de ces édifices, relative au niveau du sol sur lequel ils ont été construits, diminue de plus en plus, à raison des sables qui viennent l'encombrer.

décombres, qui occupent un vaste espace de terrain, un temple d'une beauté extraordinaire, entier et bien conservé; monument très-précieux et admirable, échappé à tant de destructions, que nous présente la plus haute antiquité, mais qui seul suffit pour prouver dans les temps à venir, la grandeur, la puissance et l'éclat de cette ville célèbre chez les anciens Egyptiens.

(NOTE 16.)

v. 124.—*Mer de sable effrayante, en proie aux chocs des airs.*

Expression empruntée du style poétique des Orientaux, qui appellent le grand désert *Océan*, comme ils appellent le Chameau le *navire du désert.* Cette expression paroît être employée dans ce vers d'une manière assez heureuse, et avec d'autant plus de vérité qu'assez semblables à l'élément liquide, ces vastes contrées ont aussi leurs tempêtes, leurs calmes; que leur surface est mouvante et présente des flots de sable que les vents impétueux agitent avec fureur; que l'on n'y voit aucun arbre, qu'on y chercheroit en vain de quoi se sustenter, ou une goutte d'eau pour se désaltérer; que pareillement on n'y trouve même aucun moyen naturel de se diriger, sinon que par l'inspection des astres; et que de plus, le phénomène du *mirage* y produit des illusions d'optique si extraordinaires, que quelquefois l'on croit voir véritablement la mer, des îles et des rochers.

(NOTE 17.)

v. 132 — *Des soldats de Cambyse aura-t-il donc le sort?*

Ce vers met la situation de notre voyageur en comparaison avec celle de l'armée de Cambyse, qui, vers l'an 528 avant Jésus-Christ, périt tout entière dans les sables de la

Lybie, et où cinquante mille hommes qui la composoient
furent ensevelis tout vivans.

(N O T E 18.)

v. 144. — *Mahomet conquérant triomphe en imposteur.*

Mahomet, né en Arabie, étoit fils d'une veuve qui le
mit au monde dix mois après la mort de son mari : de l'état
de petit marchand de Chameaux, et quoique épileptique,
il s'éleva au rang de conquérant ; et par ses fourberies
grossières, son audace à toute épreuve, ses cruautés et sa
perfidie, commença à fonder, vers l'an 622, un des plus
puissans empires, et une religion qui professée en Europe,
en Asie et en Afrique, s'étendit depuis le cap Finistère
jusque bien au-dela des Indes.

(N O T E 19.)

v. 149. — *De l'excès des grandeurs image passagère.*

Aucune ville dans le monde n'a été, ni aussi grande,
aussi célèbre, ni aussi merveilleuse que la superbe *Baby-*
lone : cette immense métropole pouvoit être regardée comme
la mère des cités et la capitale de tout l'Orient ; aussi elle
offroit tant de magnificence dans tous les genres, et qui
tenoit tellement du prodige, qu'à son nom seul, et malgré
le long espace de tant de siècles, semble être encore at-
tachée une idée de grandeur à laquelle rien ne peut être
comparé : hélas ! qu'en reste-t-il ?

Babylone étoit carrée, avoit vingt-quatre lieues de circuit, ses murailles, épaisses de soixante-quinze pieds,
hautes de deux cents soixante pieds, étoient bâties en briques faites avec la terre provenant de la fouille de ses fos-
sés, lesquels étoient pleins d'eau, d'une largeur, d'une
profondeur extraordinaire, et revêtus de briques des deux

côtés : ces briques étoient cimentées avec du bitume qui, au bout de quelque temps, devenoit plus dur que la pierre et formoit absolument corps avec elle. On entroit dans la ville par cent grandes portes d'airain, auxquelles venoient aboutir cinquante rues magnifiques, fort larges, tirées au cordeau et traversant toute cette vaste cité. Le pont construit sur l'Euphrate, qui séparoit la ville en deux, avoit six cents trente pieds de longueur; mais ce qui paroissoit de plus extraordinaire, c'étoit une large voûte construite en dessous de son lit, au moyen de laquelle, nonobstant le fleuve, on pouvoit à volonté communiquer d'une partie de la ville à l'autre, soit par dessous, soit par dessus son cours impétueux. Le palais du roi avoit plus d'une lieue de circuit, et étoit entouré d'une triple enceinte de fortes murailles. Les jardins suspendus avoient seize cents pieds de tour, près de trois cents pieds de hauteur, et présentoient une multitude de grands arbres de toutes espèces, accompagnés d'une grande quantité de fleurs et d'arbrisseaux divers qui embaumoient une partie de la ville. Dans le temple de *Bel* on remarquoit une tour carrée qui avoit six cents vingt pieds de largeur et autant de hauteur : c'étoit à son sommet que l'on avoit construit ce fameux observatoire. Ce temple extraordinaire que Xerxès détruisit, renfermoit une quantité prodigieuse de statues, de tables, encensoirs, coupes et autres vases sacrés, le tout d'or massif : parmi les statues faites de ce métal précieux, on en remarquoit surtout une de quarante pieds de haut, etc., etc. C'est assez que de faire mention ici des choses les plus étonnantes que renfermoit cette capitale si renommée, et je dois m'asbtenir de parler de ses dehors, qui présentoient encore des travaux utiles et immenses.

(NOTE 20.)

(Note 20.)

v. 151. — *Sans doute ivre de sang l'assassin de Clitus.*

Ce vers dépeint parfaitement les fureurs des derniers temps
de la vie d'*Alexandre le Conquérant*, surnommé *le Grand*
par la flatterie et le vulgaire, toujours simple écho de ce
qu'il entend dire : le commencement de son règne lui mé-
rita à juste titre la plus grande admiration de la part de ses
contemporains, sous le rapport de ses qualités personnelles ;
mais les dernières années de sa vie ternirent honteusement
tout l'éclat qu'il avoit pu acquérir, et ne montrèrent plus
en lui que tout ce que les vices pouvoient offrir de plus
révoltant : les accès de sa colère, ses cruautés, ses débau-
ches outrées, son infame crapule, cet orgueil excessif, son
impiété sans bornes, nous rappellent Alexandre qui tua à
table son ami Clitus, qui pourtant lui avoit sauvé coura-
geusement la vie au passage du Granique ; la destruction
totale de Thèbes, et de tant d'autres villes célèbres ; le
supplice affreux qu'il fit souffrir au vertueux et valeureux
Bétis, gouverneur de Gaza, dont il s'amusa à être lui-
même le féroce bourreau (1) ; deux mille habitans pris
dans cette même ville, après le massacre général, et qu'il
fit égorger de sang froid ; pareillement deux mille autres
habitans de la malheureuse Tyr (où il avoit ordonné de faire
main basse), qui dans la destruction de cette opulente
cité, échappés à la fureur du soldat las de tuer, furent mis
en croix par ses ordres. Son odieuse, sa honteuse crapule

(1) Il fit mourir ce brave guerrier par un affreux supplice : tandis qu'il
respiroit encore il lui fit passer des courroies à travers les talons, et l'ayant
fait attacher à son char, il le traîna autour de la ville qu'il avoit si bien
défendue, et se rendit coupable d'une telle barbarie, dans le désir de suivre
l'exemple d'Achille, dont il se disoit descendre.

C

nous montre *Alexandre* qui convertit son palais en sérail, sa table en un lieu de débauche, où il étoit même honteux de ne pas s'enivrer; son horrible et monstrueux amour pour l'infame eunuque *Bagoas;* sa basse soumission aux atroces volontés d'une prostituée, de cette vile courtisanne nommée *Thaïs*, qui pour se divertir avec lui dans une de ses fréquentes parties de débauche, lui ordonna de mettre avec elle le feu à la superbe ville de *Persépolis*, laquelle par ses mains, et quoique faisant partie de ses Etats, fut bientôt réduite en cendre. Son orgueil démesuré que rien ne pouvoient rassasier, et son impiété excessive, nous le représentent habillé comme une divinité, se montrant avec les attributs de Jupiter, voulant absolument passer pour son fils, et en conséquence être adoré par toute la terre comme un dieu : parlerai-je de *Calisthène*, indignement mutilé, enchaîné avec un chien féroce dans une cage de fer, et traîné partout à sa suite dans cet état pour avoir refusé de l'adorer; de *Lysimaque*, livré aux bêtes pour avoir terminé les maux de ce philosophe son ami, et d'autres personnages qui également furent mis à mort pour la même cause. Que de mauvaises actions! que d'horreurs je pourrois encore rapporter! mais c'est assez, et même trop, pour ceux qui en sont encore follement idolâtres, car c'est les irriter que de manifester seulement une opinion contraire à la leur.

(NOTE 21.)

v. 156. — *Et celles de Brutus, d'Auguste et de Néron.*

Il ne faut point s'étonner de voir *Auguste* placé dans ce vers entre *Brutus* et *Néron. Auguste*, empereur, de mœurs si dépravées, mais si vanté par la plupart des poètes, se regardoit comme un dieu; il se fit construire à Rome

un mausolée d'une grandeur prodigieuse, qu'on voit encore en très-grande partie, et qui est si considérable, qu'un
homme, qui a beaucoup de connoissances dans l'architecture ancienne et moderne, écrivoit dernièrement que ce
qu'on a élevé de tombeaux, à tous les souverains de l'Europe depuis quatre siècles, tiendroit facilement dans ce
mausolée d'Auguste. On établit un culte en son honneur,
et l'on appeloit *Augustaux* les prêtres destinés à desservir les
magnifiques autels des temples qu'on lui avoit élevés, même
de son vivant. De quoi la flatterie n'est-elle pas capable et
coupable !

(N o t e 22.)

v. 157. — *Balbeck, Persépolis, vous fameuse Palmyre.*

Ces trois villes sont encore célèbres pour la beauté de
leurs ruines, éternels monumens d'architecture, princi-
palement Palmyre : cette dernière ville, bâtie dans le désert par Salomon, et connue alors sous le nom de *Tedmor*,
présente encore des ruines d'une magnificence extraordinaire (1), qui attestent tout à la fois, la puissance, les
richesses et la grandeur de cette fameuse capitale qui domi-
noit sur les royaumes de l'Orient. Palmyre n'est pas moins
célèbre dans l'histoire par le siége mémorable qu'elle sou-
tint sous les ordres de la valeureuse reine *Zénobie*, veuve
d'Odenat, lequel avoit rendu de si grands services aux Romains dans leur guerre contre les Perses ; mais les Romains,

---

(1) Parmi les superbes ruines des nombreux monumens qui de toutes parts
embellissoient Palmyre, outre le temple de Neptune, le magnifique temple
du Soleil, on admire particulièrement une immense galerie, longue de 2,500
pieds, toute formée de colonnes sur quatre rangs, dont on en voit encore de-
bout dans un grand espace, un nombre de plus de 150, qui même au milieu de tant de ruines semblent encore défier majestueusement, et les ravages
de la guerre et la puissance des temps.

habituellement ingrats et jaloux, profitèrent lâchement du moment que Zénobie gouvernoit cet empire au nom de ses enfans encore en bas âge, pour le détruire plus facilement : l'empereur Aurélien vint fondre, avec toutes les forces de l'empire romain, sur cette contrée, vainquit deux fois Zénobie à la tête de ses armées, l'assiégea dans Palmyre, sa capitale, qu'il pilla, saccagea et détruisit, après en avoir fait passer tous les habitans au fil de l'épée, sans distinction de condition, d'age, ni de sexe. Il n'eut pas honte de faire charger de chaînes cette illustre Reine, et de l'emmener en captivité pour orner son triomphe : ensuite cette grande ville demeura oubliée de toutes les nations pendant mille ans entiers, au milieu du désert : l'ignorance fut poussée à un tel point à son égard, qu'on ne savoit plus où elle avoit été, ni même si elle avoit réellement existé : ce fut vers l'an 1691, qu'elle fut découverte par des marchands Anglais, et que pour la première fois dans ces temps modernes, il en fut fait mention d'une manière positive.

(Note 23.)

v. 170. — *Qu un soleil presqu'éteint rend si fort éclatantes.*

L'auteur avoit d'abord mis, et ce qui étoit beaucoup plus vrai, *rend si fort éblouissantes*, faisant alors usage d'une licence qui paroissoit lui être permise, d'après l'exemple de quelques-uns de nos plus grands poètes, en réduisant ainsi le dernier mot de ce vers à quatre syllabes; mais ne voulant point donner à la critique, plus exigeante que jamais, une occasion de plus d'exercer son facile talent, il a depuis substitué *éclatantes* à *éblouissantes*.

F I N.